春花秋水集

戊戌秋日司馬南

杨冬生◎著

黑龙江人民出版社

图书在版编目(CIP)数据

春花秋水集 / 杨冬生著. — 哈尔滨 : 黑龙江人民出版社, 2018.7
ISBN 978-7-207-11450-1

Ⅰ. ①春… Ⅱ. ①杨… Ⅲ. ①游记—作品集—中国—当代 Ⅳ. ①I267.4

中国版本图书馆 CIP 数据核字(2018)第 183423 号

责任编辑:姜海霞
封面设计:鲲 鹏

春花秋水集
杨冬生 著

出版发行 黑龙江人民出版社
地 址 哈尔滨市南岗区宣庆小区 1 号楼
邮 编 150008
网 址 www.longpress.com
电子邮箱 hljrmcbs@yeah.net
印 刷 涞水建良印刷有限公司
开 本 787×1092 1/16
印 张 10.75
字 数 160 千字
版 次 2018 年 7 月第 1 版 2021 年 6 月第 2 次印刷
书 号 ISBN 978-7-207-11450-1
定 价 30.00 元

序

冬生是我大学同学，今天该用“老”字一说。一晃，已经有四十多年的相识，那时，即知他喜爱文学，虽然我们是经济专业，但他算“离经叛道”，常见《青春之歌》徜徉在《堂吉诃德》的理想憧憬路上。

近年，知他喜欢自驾，如他所说激起了灵感，唤醒了沉睡多年的文学之梦，便一路走来，一路吟唱，一路微传，使我们众同学成为他初稿创作的第一批读者。

他的诗，古体部分，确实很难说有严谨、缜密的格律，单纯挑剔这一面的错误，恐怕是读不出作品中所蕴含的浑然天成的精练与磅礴。

韵在其律，味在其格，格中有律，律中有格，其实不失为古诗新用的一种风格，也符合他自由、豪放的性格。

现代体，是个仁者见仁，智者见智的老话题，感觉只要能通达了认同者的内心世界，便是认同者眼中的好作品。他简朴、直白的方式有我个人喜欢的部分。同样，希望更多读者喜欢、理解。

如果你喜欢他的风格，可以“今宵彷徨若难寐，魂出狮山满玉龙”

（摘自《丽江》）。如果你不喜欢，“便把所有的所有，忘记的忘记”（摘自《青藏线的夜晚》）。

积文化之底蕴，演文学之风骚，祝贺我的老同学！

司马南

2018 年 6 月

简述诗缘和对律诗的认识

对诗的最初接触应该是20世纪的70年代，上山下乡，热心政治运动，自然热衷读些歌颂题材、口号式直白的诗品，有现代体的，有古律体的。那时的很多批判文章，常常引用些古诗词里的名句开头或结尾，特别对主席诗词，更为反复借喻、比拟、咏颂。

记得自己最初，如果没错的话，第一首诗好像是形容哈尔滨新建的电视塔，当时是全市的最高建筑，尚未完工，住家的四楼可以清晰地看到轮廓。至于怎么写的，哪个角度，现在忘记了。

说到文化熏陶，可以讲我这个年龄段基本是空白，除些武侠小说和小人书，东借西借外，几乎没读过像样的文学作品。小学，天天闹革命，初中，天天学工学农，都没正经上过文化课。倒是得益于父母的职业，家里有点藏书，走马观花地今天两眼明天两眼地读过一些。

记得有矛盾的《子夜》，邹文轩的《诗话》，王朝闻的《新艺术创作论》，还有《从猿到人》，作者已忘记，诸如此类，等等。这算马恩列斯毛范畴外，有点"异端"的法外文艺书籍。

就我个人能初中未毕业,“文革”后第一批考上大学,我想多少和这点粗糙的启蒙有一定关系,起码能让你有些阅读和识字的积累。

进入大学,虽然专业是经济,但少年的文学梦和自小知识匮乏而产生的渴望,致使其间相当多的精力花费在苦读、浏览古今中外的文学名著中,可以说虽无悬梁之实,绝对有废寝忘食之事。当然,这里面包括伟大的诗家词匠。其中,我们的李白、苏东坡和国外的雪莱、但丁印象深些,可能年龄原因,喜欢偏飘逸些的风格。

此外,其间也算初步学过中国古体诗的韵律、格式等基本知识。同时,尝试地模仿,写过不少小诗,亦填词,甚至也有英国的十四行诗。

渐渐地,在包括工作后的很长一段时间内,写些随笔心得,或古体,或自由体,便成为一种爱好和习惯。

近五六年来,突然喜欢自驾,闲下心,行大川,登名山,赏名胜古迹,游览祖国大好河山,竟无法抑制强烈的高歌吟唱的欲望。

诗,抒情达志,言简意赅,自然成了最理想的表达方式。这就是本集中大部分作品临场发挥、触景而生的成因。也算重新拾起了蛰伏内心多年的爱好和梦想。希望通过它们,能表现大自然和融汇其中的五千年中华灿烂文明瑰丽的一面,展现激情留给后半世人生的又一道风景线。

至于现代诗部分,算是一路走来美丽景致的副品。同样,希望里面能体现点人生哲理,感受出生活中或多或少缺失的真诚、善良、平和,或相当程度的宿命和无奈。

对古体律诗，在当今时代，不能照搬苛刻的用典、对仗、平仄、黏连和文言。对一般爱好者，应倡导中国律诗里的精华——意境，比兴，洗练。通俗易懂，大体押韵即可。生涩、复古的字句，严严密密的韵律，拗救，深奥的典故恐怕只会让古诗越来越拉开与时代的距离，使之仅仅成为祭奠台上的祭品。

这既是我写古诗，只取其形，不敢称律的冠冕堂皇的借口，又是我对古诗如何适应现代节奏的认识。

出版此集的最大愿望就是献给九十岁仙逝的母亲和仍然健康长寿的父亲。特别是我的老父，九十七岁高龄，至今坚持学习，坚持写诗填词。

愿意用诗歌，完成父子间心灵的对接、精神的承传，传递一代又一代的希望和沉淀。

最后，再一次强调，无论五言、七言，我只是择象而用，不敢说律。古律诗、词，这是一柱我必须匍匐敬重的、博大精深的文化图腾。

现在，比较喜欢白居易，平白直叙。

作者

2018 年 6 月

目　录

古体　七言

一、山部　仁者乐山

二、水部　上善若水

三、花木部　花益情木益性

四、名胜古迹

五、思母

古体　五言

自由体

一、情感篇

二、自然篇

三、伦理篇

四、自省篇

自　　赋

诗里春花千百家，说起秋水流天涯，
春花我自撷一朵，秋水一曲赋年华。

自驾抒怀

我欲大鸟乘风飞，一冲直上万山翠，
揽去天下湖水色，落日明月待朝晖。

古体　七言

一、山部　仁者乐山

秦岭秋色

红黄淡紫翡翠间,五彩锦缎挂前川,
一步两回断崖路,三岩四峪冲澎泉,

太白峰雪乌盈日,纵横云雾猴搏猿,
甘南乌濛豫西雨,八百峻岭截断天。

祁连山秋

半山云雾半山平，擎天万仞雪晶莹，
峰回路转惊碧宇，雷崩石裂吞苍庭。

牧草朦胧红霞清，炊烟缥缈黄叶明，
几处牛羊藏家里，嘉裕鹭鹰觅驼铃。

贺兰山初雪

绵延婉转中路开，贺兰山断初雪来，
虚虚幻幻盈落日，缠缠绕绕撞云怀。

东挽黄河滔滔水，西峙大漠环环滩，
月光宛若满江曲，峰峰峦峦到祁连。

庐山雾

不曾相识又相识，白娘仙子裸瑶池，
隆隆祥霭迎宾客，翩翩柔纱辞灵墟。

呼如浓妆裹晚霞，同与彩虹摇天际，
夜深松静林气老，春蝶邂梦匡庐里。

婺源江岭暮景

清明日

晚峰峦雾连云朦，嶂叠山脚绿树清，
佰上黄花百葳蕤，阡下碧波千纵横。

坳里人家炊烟起，林中密境归鸟鸣，
田园缓缓等暮色，莫恐荆王怪清明。

三清山观感

盘旋盘旋又盘旋，绝壑险谷拥大岩，
众里寻你千百度，嫣然三清昊昊天。

疑来黄岳翻云海，忽去庐翰腾紫烟，
乾坤栈台踩空霄，灵魂出窍惊神元。

中秋　延庆八达岭

八达岭上揽明月，燕城翠玉第一州，
莽莽雄关凫烟色，曲曲妫水抹金虹。

望山望水望世界，望断光阴天际流，
约定玉兔邀星子，桂花树下沽酒空。

太行山素描

燕冀豫晋一字山，大峡八陉分高原，
岭下耕耘有华夏，岗上烽烟合黄炎。

东临渤海望西北，西眺黄河奔东南，
绵延峥嵘架屋脊，堆起瑞雪珠穆巅。

嵩山（少林寺）

太室少室石版书，龙卧凤舞云岫出，
山道樵夫问牧童，昨日青天化长虹。

一苇梵空中岳渡，九载禅窟大河流，
达摩院里兵百万，五乳峰上降伏牛。

武夷山

华东梁脊武夷山，三十六洞紫霞天，
红豆犹思鸿儒泪，明镜还忆菩提莲。

阔叶大木林蔽日，青苔曲溪江涌泉，
丹霞云雾吹茶雨，花巾歌女撑竹船。

五台山秋

太行山脉峰连峰，荟萃岳北灵气腾，
文殊八髻辇螺黛，青莲飘扶五台顶。

红寺金轮映白塔，沙弥丘尼聆暮钟，
千朝帝王皆谢客，十里庙街一路空。

普陀山

金沙雪浪问天好，紫气推门娑婆岛，
阿弥一声白化开，莲花千手普陀飘。

曾为南国到蓬莱，更有东海渡缥缈，
鹤驭莺骖忽留步，琳宫路遇龟法老。

峨眉山

蓁首欲往秦川摇，峨黛远近珠峰腰，
金环射出空骀荡，留下云海东方晓。

二、水部　上善若水

雅鲁藏布江大峡谷

几度尼洋几度山，浩荡雅鲁白云穿，
阔坪旷野大峡谷，蛇盘青冈龙蛰川。

南迦巴瓦风吹雪，轻裸风骚竞擎天，
珠穆唐古忍相送，千里墨脱马蹄悬。

林芝南伊沟[1]

南伊河水在伊方，婷婷郁郁东南疆，
珞巴少女浣纱路，青稞花郎小桥旁。

瑶谷天边好牧场，深沟翡绿腴药香，
奇松怪树垂萝带，热风吹来印度洋。

① 注：南伊沟又称药王谷，是距印度最近的乡村，流经的南伊渠发源印度，汇入雅鲁藏布江后又返回到印度。

纳木错——藏族的圣湖[①]

一湖雪水一湖蓝，念青唐古怀抱前，
西域双双觅净土，人间天上两绵绵。

白云朵朵天地圆，百鸟朝凤藏高原，
神山圣水慈心在，火绒一片问佛缘。

① 念青唐古拉山就像守护神围着纳木错转，藏族神话说他们是自天上而来的一对情侣。

黑龙江

靺鞨故国潜墨龙，浩渺烟波赛琼洲，
开府四万余千年，石洞冰泉月如钩。

欸乃一声十水汇，忽悠八方三江流，
金戈铁马大气势，悲歌恸听子规舟。

五大连池

松嫩锥点原丘起，五泊连湖兴安里，
熔岩冷却裂胡杨，火山消寂淌小溪。

白鹤纤纤捋毫羽，睡莲绰绰漱新泥，
铁流浩荡大东北，塞门推开玄武纪。

秋分日呼伦湖

洞庭三千泛明珠，万顷碧波达赉湖，
白云流水琵琶里，广寒仙子呼伦洲。

西陵横断囿沙砾，东南骏马青川沟，
夕照红透塞边路，大泽跌宕一江秋。

青海湖

（一）

蓝空碧水白云飘，沙丘蜿蜒雪妖娆，
湖羊闲散枯草短，鸿雁整队问归霄。

祁连绝景衔青海，玛雅清泉送新潮，
微波荡漾潋滟起，疑为九天落仙瑶。

青海湖

（二）

碧海金秋听琼箫，遥望雪山轻浮澔，
几壶香茗邀明月，一只青鸟梦逍遥。

鱼闪银光即飞跃，鹰翔蓝天竟自高，
欲借半杯清纯水，桃花浇过采菊桥。

鄱阳湖——石钟山

硿硿岩洞浪自开，钟石上下南北拆，
彭蠡文章陶令起，郦公经注东坡来。

长江滔滔声清越，潘阳澔澔音澎湃，
泾渭一对双吟渚，汹气冲到天镜台。

壶口瀑布

黄土高坡起中原，秦晋峡峪劈大川，
孟门石蹬守千古，空磬光阴悬万年。

十面咆哮一壶吼，九曲呼啸十八弯，
青山欲施缚龙戟，无奈天河杀东南。

白洋淀

高天清爽秋水长,雁唳北方芦苇荡,
蟹田浮摇菱荇紫,微风吹拂荷花芳。

安新城里忆旧事,易水萧萧说秦王,
蓬郎密约白莲后,九河明珠镶太行!

白洋淀——爱情岛

绿萍郁郁串苇株，长茎一枝萎冠露，
水塘深处鹭鸶静，夕阳平照湖鸥出。

爱情岛上爱心锁，难锁摆渡归荷坞，
能和鱼家毗邻里，何须浮生几百度。

盘锦红海滩

海河相汇淤泥堰，丹潮如火云水溅，
落日稻田金穗闪，晨曦鸥汀白翩乱。

盐碱浓时秋蓬晚，腊岩深处油井酣，
盘锦路上说盘古，盘古嫣然海红滩！

九寨沟

人生若等千年归，九寨山月待命回，
沧桑容得情未老，同与海子蝴蝶飞。

三、花木部　花益情木益性

一品兰

春芝绿野馥芬芳，轻雾晨霄飘远方，
葱茏一枝朝天跃，婀娜几枚将空张。

遥遥淡雅羞骚客，希希冷艳傲华光，
不屑黄红临紫气，崖朵挣脱云侍郎。

洛阳牡丹

借意《洛神赋》

洛阳公子伊洛河，汉胄龙脉南山郭，
垂旒梳冕叠簪羽，云腰鎏金透绫罗。

香雪魏紫两江水，飘飖婀娜几嵯峨，
凌微岩上约婉若，明台静坐忆帝娥。

桃花

（一）

桃花岭里桃花谷，桃花谷有桃花巷，
桃花巷中桃花劫，桃花劫无桃花人。

（二）

我去识君君未来，识君未识我自在，
待到君来识我时，我已瀛洲过蓬莱。

荷花吟

青盘叠翠红粉洲，白洋八月潇湘楼，
满湖莲藕谧泥塘，姹紫千华竞蓬头。

搅入淤浊黏妖气，濯出清涟鞠芙蓉，
一瞥惊骑分碧水，花花绿绿说肥瘦。

玉兰花

借《离骚》木兰饮露

饮罢朝露吐芳华，亭亭妙女若邻家，
春雷一声惊抖擞，落英让开四月花。

晨　春偶感

一夜春风泛绿波，玉兰粉色连桃萝，
王公宅边一声叹，柳绦垂入百家河。

吟晚棠

叶在枝头花在秋，谢家窗下女儿红，
鸿雁啁啾房上过，相思一转明年愁。

扬州二月梅

二月梅枝欺桃期，含苞待放蕾上骑，
呼如昨夜梨花雨，红黄粉白映桃碧。

伊春林海

汤旺河水经黑龙，兴安大小割松江，
东西南北松世界，春夏秋冬林天堂。

游客徜徉花间路，高速盘旋山上岗，
更有五月红粉日，万朵杜鹃出石床。

红松赞——伊春游

遮日蔽荫君最勤，素雅淡香托祥云，
无欲则刚顶天立，疏密相间兄弟群，

冰雪严寒清君侧，狂风暴雨精气神，
巍巍布伦安公子，大地生魄魄生魂。

额济纳胡杨林

大风高处云飞扬，胡杨一色尽老荒，
莫到江南风光好，塞外枯木叶正黄。

朝吸清露千滴水，日灼金煜万尺光，
几代王公几代土，悠悠昏月送苍凉。

草原天路——沙景画

风吹云淡青草短，群岭一黛气象鉴，
牛羊蠕动山水谣，麦黄拂过梯田宽。

坝上家落深坳里，张北路旋半天边，
待到桦林浴冬日，崇礼雪花漫桃园。

北京植物园

人生爽朗九月天，天高放远秋水绵，
肃肃西山松柏翠，黄叶村里品曹园。

四、名胜古迹

金山寺——江天禅院

北固山下江自流，流到瓜州古渡口，
昔日繁华甲天下，今朝香火孔上兄。

白蛇深情传四海，法海妄冤蒙千秋，
水漫金寺观胜负，隔岸焦光隐东吴！

蜈支洲

廊桥茅榭听涛吟，芭蕉白沙穿椰林，
二三芝蟹上潮滩，四五花蝶下鸟群。

天平水阔蜈支岛，绿野仙踪碧海心，
月华揉过缕千重，情浓时宵忆麒麟。

桂林

岭南百越桂花林，喀斯古貌野象群，
唐宋名家未泼墨，漓江清流任媚春。

一欸轻舟入仙境，九骏野鬃嘶石门，
黄昏惆怅辞榕月，天下谁与成良辰。

丽江

云贵高原雪南麓，茶马古道纳西部，
四方古巷木筑府，三江溪水径出户。

香风花暖相思树，东巴乐曲泸沽湖，
今宵彷徨若难寐，魂出狮山满玉龙。

运城(又凤凰城)

东峙中条大禹都,北去吕梁壶水口,
尧舜墓旁永乐宫,普救寺前鹳雀楼。

公卿将相裴一门,文武神圣关二公,
黄河衢通盐花道,司马家中书封侯。

凤凰古城

南华登高望沱江，浣纱少女若凤凰，
一衰烟雨乌篷下，宛转楼角倚古墙。

潇湘楚蜀黔东南，苗家姑娘苗家郎。
凤求凰来凰求凤，凤凰台上方轻狂。

大理

苍山洱海水云天，崇圣三塔碧影连，
南诏盟归大唐国，白家情定蝴蝶泉。

轻歌曼舞鸳鸯醉，火树银花醉八仙，
天地旦有常相厮，乾坤迷翻草河边。

金门大桥

金门巨塔掣天梯，白雾缭绕凌空屹，
旭日紫霄照沧壑，西霞冷去红大旗。

铁流滚滚灯火转，银河遥遥蟾宫起，
凤凰喋血云海碧，勒住潮头听落汐。

山西蒲津渡遗址

蒲津渡口蒲州府，锁浮乌犍牛铁铸，
秦晋辎路万钧重，开元盛世八方流。

天河桥头牧童图，长恨歌后泪千古，
曾卧洪沙决昆仑，日尽龙门接北斗。

扎龙丹顶鹤

亭亭傲立芦苇边，风起翎羽玉尾圆，
水上雪浪红一点，爱至心潮舞千翩。

呜唳潇潇晴霹雳，磅礴洒洒大江南，
几排逍遥仙尘子，一对晶盘转阆苑。

嘉峪关怀古

嘉峪巍峨边关踞，祁连难阻杀声急，
金钩铁马旌角起，白骨野茔父子旗。

梁浆壁垒饥馑泪，苛赋羞臊褴褛妻，
忠魂烈魄戈壁夜，呜呜咽咽诉凄凄。

汉中蜀道　怀古

旌戟漫卷定军山，十万兵马汉江前，
武侯墓里骨一片，陈仓道旁人千年。

坝上盟约逐中原，垓下围歼别姬颜，
萧何何须追韩信，且留江东三分天。

伊春汤旺石林

林海松涛小路斜,青山白云远雾歇,
忽如磐石若虎踞,曾说女娲补天缺。

悠悠荒古济沧海,寥寥旷世幸日月,
任凭尔曹道三四,只听雷霆唤九阙。

青藏线的云

敢问苍霭谁家有，青藏高原云世界！
千姿曼陀旖旎盅，万态麒麟混沌花。

烈焰咆哮焚阊阖，神幻瑷逮灭清华，
若问阳子何处去，一时糊涂避酒家！

曹雪芹纪念馆感怀

三代甲子承皇恩,金陵辽籍汉奴身,
绫罗簪缨嘉华诞,灵虚幻境贾雨村。

一朝布衣酩酊处,几庵茅舍峒峪屯,
石头城里梦浮世,十二妙龄钗公孙!

梁任公墓感

戊戌百日君名健，中华富强当少年，
天翻地覆两甲子，宪政难祭任公前。

春草萋萋青叶浅，秋蝉嚅嚅老声残，
若使弯弓射天山，莫遣夜郎效邯郸。

晚秋　颐和园

（一）

枯荷残苇西堤柳，黄菊云瓣芳欲留，
无奈夕阳跌寒水，怎堪颐和一个秋！

（二）

万寿山头望铜牛，铜牛头上纸鸢游，
十七孔桥澄金色，昆明湖里又一秋！

奥林匹克森林公园春

（一）

桃花红粉柳碰春，湖角锦鲤挤坞门，
岭上仰山黄飞燕，溪流渡过野鸭群。

（二）

儿童树下戏纸鸢，喜鹊枝头识旧欢，
昨日春雨知新绿，微风吹暖帐篷边。

太阳岛咏春夏秋冬

一曲短笛江月明，长篙高苇匍蛙鸣，
罗衾斛沉消暑酷，花香鸟语醉堤行。

晶莹剔透琼浆砌，争奇斗艳雪开屏，
春解凌霄刚霹雳，小鹿蹦越梅花影。

美西自驾

（写意十数国家公园）

一路赤野一路狂，最怕美景伤断肠，
瀑布长河裂大谷，七彩黄石拥朝阳。

妖魔堡上红孩笑，火焰烧透芭蕉将，
沙漠羚羊横赌殿，童话书里问死亡。

注：公园包括：约布亚树，大峡谷，
马蹄湾，羚羊谷，纪念碑谷，
峡谷地，大提顿，黄石，魔怪谷，
大阶梯，爱丽丝谷，布莱斯，锡安，
火焰谷，死亡谷等。

魔鬼谷思聊斋

承如柳泉笔下花，甘为鬼魂蓄精华，
万载等得来生渡，笑知今日入谁家。

五、思母

慈母祭

冷风乍起秋又秋，欲执黄菊烛花旧，
任家桥头送昨日，北小河灯放今舟。

一声慈亲呼不起，多少英雄泪难收，
飞云长空蒹葭地，惆怅只到玉壶流。

茱萸山归乡　故屋思母

借意王维

九月九登高

茱萸峰台烈风口，冰城紫芳仙殒楼，
一行故里归宿日，四月床头九月游。

曾经残烛慈母线，如今碧海日夜舟，
地上天上遥相望，月光流过泪光流。

病床悲恩

清辉不解床头郎，
明月高悬照前窗，
几汪泪水冰壶里，
不忍慈堂入天荒。

悲歌

（一）

秋水萧瑟秋日寒，
秋雁一去不复还，
秋风秋雨送天路，
倚高追望泪怎干？

（二）

遥遥星渺半月空，
心在茫茫云海中，
欲随天使双飞翅，
不愿今世孝无终！

古体　五言

圣湖纳木错

云团空中絮,破隙碧波沉,
弯虹裂霞曙,鸥踏雪燕山,

心萦青江水,神游大藏川,
湖是阿蓝妹,哥张五彩天。

归泫琉璃魂,火绒荒莽间!
一鼾浑不醒,大梦瞌千年。

吟秋——阿尔山途中

山远碧空透,一廉谁鹅黄!
白露浸谷川,枫叶红几双。

流风林影破,霖溪淙泉响,
忽有雁呼唤,无心拾落香。

黄河第一弯

九曲十八弯，弯弯棋罗盘，
只见纤夫影，不知汗土尖。

船在曲上走，鹰在曲下旋，
大河长青水，三江流过天。

洪洞大槐树

洪洞有国槐,史称人文祖,
家在黄河边,散叶燕冀鲁。

苏三起解时,霹雷殃老母,
从此莲花城,玉堂春留住。

白洋淀思荆轲

荆轲辞燕丹，刺秦誓不回，
采藕荷花女，船头落湖泪。

英雄说大业，女儿心芳菲，
古今天下事，一江多情水。

张家界

昔日匪凄厉，今日张家界，
荡气回肠路，人猴同栈梯。

嵯峨悚巨石，峥嵘峭绝壁，
青峡设矛崇，七星仗剑宇。

嵬嵬华容道，妙妙玲珑局，
造化钟神秀，回首天蓝去。

郭亮村——太行魂

王屋余百里,神话说愚公,
郭亮数十户,太行凿绝壁。

岩燕披朝阳,崖柏挂落日,
大衢达天下,云空且窒息。

清明　感时

农家时禾亩，杜鹃声布谷，
垄上额头汗，眉向香犂蹙，

梨花又绽放，沓歌有惊悚，
笑靥雪銮动，厨血染红土。

咏柳

冠苏福荫邸，送别抵家书，
绿丝挂绦容，花絮洒白荑。

剥下希宿子，哨儿撵骏骑，
浪迹天涯后，莺飞思故里。

偶感

昔有东岭客,又有阳明山,
欲寻桃花记,遥指武陵源。

小隐存于形,中隐藏于心,
大隐忘于我,我隐白云巅。

阴霾连二月　初雪

晓雪弥天宵，心阔高空寥，
生当寒霜立，神在乾坤飘。

小肠淤浊气，大肠疏狂骚，
鲲冥鱼池北，南冥鹏云霄。

悬空寺

渺小半山间,空妙一字悬,
若悟禅中语,天晴问飞燕。

庐山雾

云海有蜃楼，神仙庐雾中，
倏忽谁持扇，羞客影无踪。

野山坡——百里峡

瓮森百万石，长峡滴飞溅，
高岭跨瀑布，径幽通云天。

《英雄》取景地

日照大江流，英雄叹黄秋，
清滩独木秀，人在万里舟。

中秋奥林匹克公园

青野透暮云，薰衣草上薇，
芦花衔垂柳，黄叶送秋飞。

科罗拉多大峡谷

苍鬃托落日,浪赤绝壁翻,
一经洪荒惑,天堂变地狱。

张掖丹霞五彩山

彩虹磐地冠,童话丹霞山,
怀抱五色玉,月华犁星汉。

自由体

一、情感篇

青藏线的夜晚

这里的九点
　　　　不是灯光亮起时刻
　　　　像我们城市习惯
当右边的太阳徐徐在
　　　　高原的腰窝落去
骄傲的余晖
　　　　仍然光芒万丈
　　　　像旭日海平跳起
　　　　又将普照大地

过了格尔木
车厢释放了氧气
　　　　确实有人头痛
　　　　嘴唇一片紫色
　　　　上下铺的昏厥
而此刻　左边的明月
　　　　倏然显露在空中
　　　　出现的无比神速
似乎稳当当地
　　　　亮在天堂

似乎透明般
　　　　画在世界屋脊

一边看着
人类的脆弱
一边望着
渐渐西行的兄弟
依依不舍的距离
　　　　便是承诺
　　　　亿万年的友谊
含情脉脉的约定
　　　　便是宇宙间
　　　　永恒的持续

火车在黑夜里呼啸
奔驰在冰冻的路基
　　　　向唐古拉垭口
　　　　顽强地前进
　　　　车速经常迟缓
　　　　甚至停顿歇息
不知是在
　　　　追随月亮的节奏
　　　　或是她追随我们
始终形不离　影不弃

第一次这般近

透彻地凝视
像看到羊奶花的玉女
和每个轮廓的纤细
瞬间有了相知感觉
正好可以走近
黑夜难眠的孤独
也走入我
原反的恐惧
和我内心的自己

一路上
我望着你
万籁寂静
就像空间停止
时光消失
一路上
你望着我
晶莹剔透
仿佛裸露着
冰清玉洁的洗礼

谈着谈着
便无心无语
只是灵魂的沟通
只是生命的秘密
顿时　好像这里

只有我们俩的世界
顿时　好像那里
只有天使的美丽
默契共同跨过
　　　　格拉丹东山峰
合魂一起飘出
　　　　念青唐古拉雪海

然后　我们的倒影
平平静静地躺在
　　　　纳木错的湖上
　　　　火绒棵旁
仿佛神奇的传说
就像原始的天地

望着喀喇昆仑
看着喜马拉雅
你不再是你
我不再是我
只有世世代代
便把所有的所有
忘记的忘记

草原秋恋

你约定了草原
我选择了湖畔
你约定时时刻刻
我选择朝朝夕夕
你约定守望
我选择永远
在火烧云融化天际
我们一起
拥有了整个秋天

你流淌着金黄
我滚动着潋滟
你风姿婆娑
我柔情缠绵
你深厚辽阔的轮廓
我浪漫宽广的眷恋
在流星雨坠落瞬间
我们一起
拥有共同的视线

你渐渐褪去华丽
我慢慢淡泊沉寂
你说休养生息
我说宽容为你
你吟唱着牧歌睡去
我枕着马头琴相聚
在红彤彤的冬日
我们一起
期待生命的继续

你依伴着我
我围绕着你
我的达赉嘎顺
我的呼伦贝尔
你播下格桑花的种子
我留下沧海桑田记忆
在时光远逝的地方
我们一起拥有
地老天荒的美丽

爱在深秋

太阳还在遥远
晨曦已经穿越
山那边的氤氲
透过细柔白雾
洒落水面
水面闪动着潋滟

微弱的光足够
映出海鸟的身影
掠过盐蓬的沼泽
映红火炬棘顶
照出棕榈轮廓
和沉寂的清晨

静静坐在石堤上
太平洋的港湾
倾听浪花拍荡
看着雁鸥低旋
忍受霜露的寒冷
等待刹那的辉煌

朦胧中发现
弯曲的沙坑里
一对依抱的情侣
淡蓝的毛毯
裹住斜躺的身体
双眼凝视着前方

罅隙愈发火红
鲜艳磅礴澎湃
然后晶晶的圆球
没有片刻的彷徨
呼亮亮地跃起
跳出生命的期许

年轻的恋人
拇指和食指
对勾出桃心
紧贴的脸颊
对着丘比特
浓缩炽热的心房

红日红日
请你慢慢升腾
让时空留住此刻
鸟儿鸟儿
请不要拨动翅膀

迷惑倾吐的方向

爱在春天
流淌激情的源泉
爱在夏日
滋润心灵的绿茵
爱在深秋
绽放厚重的铿锵

旭日最后拉开
地平线的距离
路上车轮喧哗
城市已经醒来
而溶入海的画面
远山在一起呼唤

静静的我和你

在船上
闭着双眼
靠近呼吸的温香
感受轻柔的抚摸
静静的只有我和你
船是港　船是帆
任风儿自由飘动
随潮汐放意摇摆
我们相信
船的尽头
一定有海水的蔚蓝

在草中
挽着双手
夕阳染红着荒原
漫步菲野小路
静静的只有我和你
草是网　草是绊
编织着晚霞起伏
踩着远方弧线

我们相信
草的尽头
一定有开始的春天

在树下
依偎着双脸
小溪卷动细浪
鸟儿唱起和弦
静静的只有我和你
树是家　树是园
距离浓缩温暖
刹那留住时间
我们相信
树的尽头
一定有绿荫的绵延

伴侣的真谛

夜晚
睡梦惊起
黑暗的弥漫
笼罩着意识
轻轻地拥抱你
感知肌肤的触摸
感受热的传递
不知为了牵挂
或者孤独的冷惧

清晨
惺忪醒来
斑驳的摇曳
穿透晨曦
你匍匐我的臂窝
感知时空的宁静
感受呼吸的停顿
不知为了短暂
或是永久的继续

白日
房外屋里
迟钝的手脚
拉慢着旋律
眼神代替呼唤
感知语言的累赘
感受灵犀的距离
不知为效率
或是相互的默契

黄昏
已经模糊
渐行的暮色
催促着寻觅
两个虚弱影子
感知存在的迷惑
感受羁绊的秘密
不知为承诺
或是生命的真谛

刹那的瞬间

坐在对面
总恍惚遥远
捡起餐巾刹那
突然感觉
遥远的不是距离
仿佛心灵
隔出一片大海

年少的梦里
曾经渴望
就像永远驿站
一切停留在
闪动瞬间
青春的向往
更像火山召唤

到了今天才知道
有的萌动为懵憧
钟情会模糊谎言
有些开始就该结束

许多路并无终点
只有时光
会对你诡秘微笑
照亮命运的安排

二、自然篇

加州蓝天

纯净的湛蓝
就像一座雕塑
没有丝毫痕迹
似乎心灵
都迫切裸露
接受一场洗礼

太平洋风暴
甩出蒸腾旭日
潮汐碰撞磁波
烧透火红的晚霞
然后月华开始
分滤明天的基调

所以清晨的风
吹走每片瑕疵
低矮的穹顶
压缩透明的呼吸
仿佛海洋流入无际
宛若云朵融化怀里

加州的蓝天
森林狐的舞曲
踏着杉和松的轨迹
飘动着探戈步履
好像人在蒸腾
自由遨游天地

三、伦理篇

西藏启示录

当你的心
在雪域高原
当你的灵
在玛旁雍错湖畔
当你的魂
在喜马拉雅之间

你就记得
格桑花的早晨
你就记得
阿里的夜晚

那时你会羞愧
贪婪诱惑和诱惑的贪婪
那时你会内疚
野蛮横行和横行的野蛮

因为
在亘古的浑然
你想起的只有

至尊至蓝

如果你的生活
正起伏波澜
如果你的身体
正面对忐忑
如果你的情绪
正经历激亢

请转动布达拉宫经轮
哪怕只是祈福
请拉起冈仁波齐神幡
哪怕只是怀念

那时你会理解
生命信仰和信仰的生命
那时你会相信
庄严承诺和承诺的庄严

因为
虔诚的道路上
有苦行的坚定
和信仰的彼岸

倘若你感到钢筋水泥
　　透着冰霜的冷漠

倘若你感到都市喧嚣

　　饱受焦躁的煎熬

倘若你感到人生迷茫

　　需要凤凰般涅槃

玛吉阿米的星空

会来到你对面

　　和你默默交谈

三江源的晶莹

会跳跃你身边

　　和你漫步遥远

那时你会感受

浩瀚宇宙和宇宙的浩瀚

那时你会想到

永远距离和距离的永远

因为

你的呐喊

顷刻碰撞出所有

沉寂原始的答案

朝觐的阿妈啦

——从拉卜楞到大昭寺

清晨,飘着细雪
落到地上,
　　　　和尘土合成泥水。
阿妈啦的身影,
从风雪中
　　　　渐渐清晰。

胸前的油毡兜已经陈旧,
　　　　难辨的字体有些褪迹;
双腿的羊裤管已经磨破,
　　　　膝盖略微弯曲;
疲惫的轮廓开始摇晃,
　　　　支撑的步履稍显迟疑。

但当她站定　端正姿势,
当她凝神方向　停息片刻,
然后　高高张开手臂,
　　　　目光充满祥和坚定,
　　　　好像拥抱着空气;

然后　弯曲双膝倒下，
　　　　紧紧匍匐泥泞路上，
　　　　似乎每个细胞在吮吸。

多么渴望和你交谈，
多么想听到你的秘密。
空中的风知道你
山上的草知道你
水里的浪花知道你

但我
不该让世俗的言谈
　　　　玷污这一瞬间。
更不能用推理
　　　　亵渎沉寂的聚集。
我知道大地
正和信仰融化为一体！

松萝的启示

你有美丽的名字
还有各种各样称呼
淡淡的绿色
透着白白的髯须
在松上　在杉上
在干上　在枝上
垂垂洒洒　飘飘逸逸
十分自豪的样子
就像在自家的花园
你叫松萝　一种衍生
还有叫你龙须
或天蓬草的
总之你很美丽

你有挑剔的个性
还有各种各样美誉
污染的环境
包括浑浊的一切气体
在水中　在土中
在空中　在风中

有丝毫的灰垢
你便无影无踪　绝地而去
就像莲花濯出淤泥
你叫松萝　一种衍生
有着洁癖的干净
或锐利的嗅觉
总之你很挑剔

你有本质的寄生
没有各种各样自己
猥猥亵亵依附树身
勾肩搭背
在滋生　在苟延
在享逸　在索取
慵懒到不费气力
歇斯疯狂　缺根少据
你叫松萝　一种衍生
感不到你生命的独立
或你独立的呼吸
总之你很本质

你有卑鄙的习性
没有各种各样节制
只是贪婪地啃嚼
在春天　在夏日
在秋节　在冬季

一步步朵颐着
直到大树一棵棵倒下
你又蚕戮新鲜目标
你叫松萝　一种衍生
生着腐蚀　让活着死去
或窃盗窃喜的逻辑
总之你很卑鄙

三者行——里约　蛾子　我

有只蛾子
我在窗内
你在窗外
我在观看奥运
你在舞动翅膀
头顶平滑的玻璃
追逐着亮光
就像形容的
——扑火
就像经常嘲笑的
无知和愚昧

我为中国队失利懊恼
另外的心思
欣赏场上漂亮姑娘
不经意看到你
谈不上凸凹线条
三角的细尖脑袋
胖嘟嘟的肚皮
不断地拼命抖动

向"鸽"的问号
仿佛和本能一起
逃脱着后面的恐惧

我知道你有
美丽的名字
——银光夜蛾
但人类赐予你的
并不是为了赞美
更谈不上恭维
恐怕仅仅表现
他们的语言窠臼
哪怕以外的一切
仍属主宰的东西

其实你不啃噬庄稼
终其一生
只为传宗接代
然后退出
把生的机会
留给继续
把死的悲壮
留给自己
你们甚至不吃不喝
生命靠露滴维持

错误往往是常识
传统常常就是偏见
更有傲慢
支配世界的好坏
解说词在说
“一定要做
最好的自我”
我有一种
恍惚的感觉
其实“里约”
我们共同生疏

夜已经很晚
我困惑胜利
地球是否
疯狂嘉年华
或精神在哪里
“更高更强更快”
正如身体
会在电视前萎缩
正如思想
会在消失后怀疑

你仍在窗外
息息不停
展示着顽强

表演着力量
我突然有了灵感
人和昆虫
昆虫和大地
日月宇宙银河系
尽管画外音轩昂
——新的记录
又增添几缕迷惘

望着窗外
我静静无语
据说蝶不化茧
破僵重生的你们
经历漫长岁月
蛰伏凛冽的寒冬
一定能体会
光明的距离
只有长久的黑暗
才有裂变的凝聚
就像出土后
飞翔着自由

几句箴语

（一）

许多人知道你
但不知你的美丽
我不知道你
但我知道你的美丽

（二）

想起了
睡着又忘记
没忘记的
依然在梦里

（三）

迎春花开得很长
没人留意
昙花盛开的瞬间
那一刻
我等了很晚很晚

（四）

冬过去
春来了
夏天也来了
秋季迟迟没来
因为忘记播种

活着或死去

我第一次走来
你没有注意
又走来离去
你还没有注意
离开走去
你都没有注意
你只注意台上
人物　自己
就像风的芦苇
焦错的摇曳

我愿静静走来
我愿悄悄地离开
多余的光线
会桎梏心履
轻松的孤单
可以豪放不羁
甚至飘浮云空
到达自由自己
就像灵魂
活着　死去

为杨绛逝世而作

人们因物质的富有而陶醉
我为精神的快乐起舞
远处　一片轻柔白雾

人们在恩恩怨怨里纠结
我如婴儿般心无旁骛
深夜　只对摇篮倾吐

人们向势力屈膝低头
我要洗净一身污垢
走回我的玛吉
我的阿米
和天堂的父母

睡去吧　风不停雨不住
忘却一切的一切
每当我们仰望星空
安息吧　山不动海不枯
抛下一切一切的沉重
当记起堂吉诃德的英勇

儿童节想起的

襁褓只知吃
不知外面世界
憨沉地甜睡
妈妈怀抱很温暖

少儿老想玩
不识烦恼
快乐无拘无束
心只对家眷恋

年轻思考活
憧憬自己精彩
脑海幻觉出
一幅幅画面

老了困虑死
还有难忘恩怨
各类药物督促
精神在哪里安眠

四、自省篇

灵魂的警报

警报　一级警报
你偷走了灵魂
我剩一具空囊
天涯海角
到处寻找着
没有你
我只有随风而去

在茂密森林
吸着清凉空气
虽然意识涣散
但我需要你
致虚极　守笃静
顺着高耸树冠
到达更新的疆域

在浩瀚大海
迎着惊涛骇浪
就像破裂的船只
我当然需要你
克己私　去其蔽

恣肆汪洋困顿
跨进旭日的晨曦

在辽阔草原
童话国的乐园
虽贪鼾沉溺
我仍然需要你
临觞奏　拂浮霭
遐着花蕾的澹泊
飘入白云的柔絮

在广袤峻岭
穿越悬崖峭壁
砥节砺行
我依然需要你
凌崖峰　修远稷
举着踉跄背影
奔向完整的自己

在无垠宇宙
星汉黄周闪烁
目色还彷徨
我更需要你
倚乾坤　著晟光
追上迷失灵魂
深夜你一定孤寂

花甲的自豪

经历过了
年华在闪烁
经历过了
走了太多的桥
无论大海或小溪
流淌自己的湾道
经历过了
每个早晨和晚上
还有那个
一路陪伴的心跳

想过了
热血已经退潮
想过了
辽阔的星空下
我们其实渺小
想过了
何须岸然道貌
知道的早知道
不知道的不需要

梦过了
花甲的自豪
梦过了
彩虹绽放
在日月的隧道
梦过了
生命的赤条条
既到过地狱
又有天堂的目标

核磁和共振

今天
第一次核磁检查
总觉得脑力
缺乏节奏
不知开始痴呆
或是变化太快
莫名撞击了怀疑

所以
直挺挺投入共振
突然奇妙联想
被推动的躯体
终有一刻会这样
化作几缕青烟飘起
只有蓝天收藏记忆

瞬间
你体会另类世界
怪异的分贝
在黑暗中激亢

刺痛着耳膜
似乎天使和魔鬼
同时呼唤着你

最后
机器说一切正常
可我不相信
怎么还能相信
因为心藏没检查
躲在里面的东西
会消耗生命的距离

往事

那一年　春天里
抬着沉重的冻土
和冻土中松坨
我们移植
新生挪向山坡
圃苗转入立体
路线不近
但年少的知青
激情燃烧
血流动火焰
仿佛抬起的
不是植物世界
仿佛汗水
不只是热腺分泌
思想和梦想
同时在转移

突然　呼号中
腰部出现异样
发软和出声颤抖

像柴门没有润滑
我坚持　仍然坚持
完成最后的距离
以后　偶然的紧张
背后时如万箭穿心
但我不介意
想象着朝阳
冉冉会升起

那一刻　北方冬季
太平洋南岛
细柔的白色沙滩
温暖宛若夏日
平躺碧透水面
微风如丝　云朵如絮
我闭住双眼
想象瞬间永远
想象浮萍
缠绕着漂泊
流向新的世纪
虽然腰疼追随
一定还将
花甲后的发虐
可我能忘记
忘记所有过去
就这样　挺挺地

思想融入蓝空
肉体化进天地

平静地随波逐流
忘了时间
已经正在分离
青春过的年华
风雨的洗涤
还有　渐渐消失
头脑中的信息
只记得盐的分母
海水不会腐朽
只记得身旁吟过
潮汐的耳语

和神对话

一天神说
忘记什么时间
给你块乌斑
显生面庞上
或经常瘙痒
隐蔽在胯裆
你如何选择
我稍为迟缓
神知了答案

一次神说
没记住地方
将取走灵魂
一个心的
另一个脑的
他们都不永生
你做何决定
我微微一笑
神知了取舍

一晚神说
记不得时空
有颗明珠
价值连城
可看透人性
一块遮羞布
能掩盖所有丑陋
我表情犹豫
神便知了体性

最后我问神
以为超脱
内心仍浮躁
神回答说
那是活着
未来会怎样
神计算后说
那时虽浑浊
但你肯定寂静

影子

太阳下
我有一个影子
只有在树荫里
更加清晰
月光中
我有一个影子
在湖畔看到的
只是水的涟漪

我和自己
在流盼间纠缠
终于　心灵告诉我
你不能在同一时间
跨越两个身体
最后　生命告诉我
你不能永久承载
又一个面具

远航

明天　我将远航
离开熟悉的地方
即使心灵渴求的旅途
我不会忘记你
紫丁花飘香的故乡

明天　我将远航
穿越云朵上翱翔
即使天海永恒的距离
我不会忘记你
湛蓝一体连接的宽广

明天　我将远航
突然莫名的惆怅
即使陌生的前方
我不会忘记你
微笑温暖共同希望

明天　我将远航
无拘无束的流浪

即使没忘记的已忘记
我不会忘记你
该属于自己的梦想

明天　我将远航
匍匐生命的方向
即使一次次磕磕碰碰
我不会忘记你
人生和大地一起成长

永远和曾有

年末的傍晚
旧金山湾区
太平洋的西岸
天气不是很冷
半圆的月亮晶莹
画在深黛色天上

我在等待
等待女儿分娩
等待又一代承传
隔壁的教堂
传出阵阵颂歌
那是天主的祈福

因为预先知道
少了性别的期许
但我仍全面期待
生命呱呱坠地
知道过去
就知道了长久

我要对你歌唱
就像《平安夜》
随圣洁降临
向祥和迈去
平平安安
自明朝启今后

我要对你憧憬
如果可以选择
我喜欢诗的生活
恣意的语言
像思想生长自由
畅游辽阔的云空

我要对你倾吐
面对大海
我更愿仰望星穹
浩渺天体
能够穿越量子
携手永远和曾有